Noëlie Delmas

Poussière et Or

Récits d'une renaissance

© 2023, Noëlie Delmas

Édition : BoD - Books on Demand, info@bod.fr

Impression : BoD – Books on Demand, In de Tarpen 42, Norderstedt (Allemagne)

Impression à la demande

ISBN : 978-2-3221-2663-7

Dépôt légal : mars 2023

Les mots s'écrivent, se disent,

et puis les maux s'effacent...

Toi

Veux-tu vraiment

lire ces mots ?

Je me remets d'un trop long

cauchemar :

mon corps et mon esprit

s'étaient éparpillés

dans un grand

château sombre.

Veux-tu vraiment connaître

ce souffre, ce gouffre,

la marque de mon esprit

contorsionné ?

Auparavant,

des souffrants et orgueilleux

ont ri de moi.

Ils m'ont fait croire

que ma vie avait

des limites.

Es-tu l'un d'eux ?

Puis-je te faire confiance ?

Car je suis là,

dans ce château,

déterminée,

une chandelle à la main.

Pour quoi ?

Pour qui ?

Pour toi ?

M'entends-tu ?

M'attends-tu ?

N'es-tu pas l'étranger

qui frappe

à la porte

ce soir ?

Et si nous nous retrouvons face à face,

mon visage échappera-il à mon contrôle

pour exposer,

une fois de plus, dans un rictus,

des morceaux

de mes

peurs ?

Ces peurs qui me hantent

et qui veulent me convaincre

que je n'ai pas d'identité.

Ces peurs que je

ne veux pas

montrer aux autres

pour ne pas

les éloigner.

Toi,

es-tu devant ce feu

depuis longtemps ?

Dans ce château,

le même ?

Tu ne dis rien.

Je m'assois à côté.

Et si je suis seule cela n'a pas d'importance,

car je sais que nous nous rencontrerons un jour.

Le railleur

Éternel railleur de mes cauchemars,

tu es encore revenu.

Prends garde, tu en disparaîtras un jour,

je ne sais quand, le jour venu.

Entre toi et moi il y avait cette nuit un bourbier,

posé sur le néant.

Je voulais savoir, je voulais comprendre,

alors j'ai soulevé une des planches qui le couvraient

mais je n'ai rien vu.

Juste un abysse, un sombre noir.

En bougeant la planche,

j'ai assommé un innocent et joufflu poisson

qui nageait par là.

Je m'en suis voulue,

et toi, tu as ri, toi qui profanes l'innocence,

toi qui te repais de sa vulnérabilité...

Prends garde, railleur,

la force n'est pas là où tu le penses.

Le loup et l'enfant

Fillette,

ton petit visage est bien tranquille.

Je m'ennuie un peu cet après-midi

et tes parents ne sont pas à côté.

Juste une fois,

j'aimerais voir naître la peur sur ton visage

vierge de sentiments obscurs...

Je me lève fillette :

« Tiens ta poupée n'a pas de culotte ? ».

Je te cours après, fillette,

juste pour voir à quelle vitesse tu peux courir

quand ta peur est à son comble.

Je te laisse me distancer

pour mieux te rattraper

dans les hautes marches de pierre.

Ton visage se tord de peur ;

je ris, soulagé, détendu.

J'aime être à tes côtés à table, fillette,

pour mieux me moquer de toi.

J'aime quand tu ne sais que répondre,

et j'aime voir, alors, les larmes

qui perlent dans tes yeux baissés.

Souviens-toi bien d'une chose, fillette :

je te courrai toujours après.

C'est tellement grisant,

alors pourquoi je m'en priverais ?

Je sais bien, c'est inégal

et peut-être même bien brutal.

Mais toi, si petite, et moi, si grand,

oui, c'est ainsi que je veux me sentir puissant.

Vois comme cette situation me réjouit, me fortifie,

vois comme tu m'es nécessaire,

ma vulnérable prisonnière.

Tu ne peux plus fuir.

Je vois la colère et la peur

s'accumuler dans tes yeux.

Elles se muent en fureur,

elles te rongent de l'intérieur...

Mais ta gorge se serre,

car les mots ne sortiront pas.

Et même si tu parlais, qui t'écouterait ?

Alors, dis-moi, que pourrais-tu faire maintenant ?

Quoi ?

Que t'arrive-t-il... ?

Tu ne sais pas grandir ?

Pourquoi casses-tu des assiettes ?

Pourquoi imagines-tu des haches se planter dans ta tête ?

Des couteaux dans tes jambes ?

Tu veux même exposer ton ventre et ta poitrine

aux hallebardes du Moyen-Âge : quelle drôle d'idée...

Non !

C'est faux !

Ce n'est pas moi le responsable !

Il ne faut pas voir les choses ainsi

car un enfant n'est pas un être humain fini ;

on peut bien s'amuser un peu avec sa vie...

Alors encore une dernière fois,

juste une fois,

pour toujours,

je te poursuis.

L'humaine

Elle s'échoua mollement sur la berge boueuse de la rivière. Le temps était gris aujourd'hui.

Ni trop froid, ni trop chaud, parfait.

Gris.

Qu'était-elle devenue ?

Une peau verdâtre et irrégulière, parcourue de petites tâches foncées, comme la peau d'une crapaude... Dans ses yeux, des visions de pillards à cheval et de loups, sur leurs pattes arrières, droits comme des humains. Ils la poursuivaient. Leur force terrifiante avait marqué son esprit à jamais.

Elle ne croisait personne.

Pourquoi ? Pourquoi était-elle seule ?

Elle avait bien essayé de vivre comme ces gens, au-delà de l'eau huileuse, sur l'autre rive. Elle aussi, elle faisait souvent du vélo le long de la rivière, avant. Mais plus ça allait, plus elle avait senti qu'une force en elle la soumettait à son bon vouloir, lui faisant perdre le goût de la vie. Alors, aussi émerveillée que la Petite Fille Aux Allumettes, elle avait regardé briller, puis s'éteindre, son flamboyant dernier espoir : le dernier soupçon d'estime d'elle-même qui lui restait... Elle avait ensuite commencé à regarder passer le temps avec une calme indifférence, et compris qu'elle devrait désormais vivre recluse en ce lieu.

« Au moins, ici, je serai à demi-vivante, et je pourrai n'être plus personne. », s'était-elle dit. Et cette pensée était, certes, un peu triste, mais elle avait fait son choix.

Et maintenant, elle était là, seule et sale.

Elle aurait pu être cette fille sur son vélo, en haut du pont, qui s'était dit la même chose en apercevant son étrange reflet l'espace d'un instant : de grands yeux perdus dans un pâle visage en partie caché par des cheveux qui ondulaient doucement, telles des algues. Mais elle avait interrompu sa rêverie et repris sa route, se rappelant soudain sa vie, les personnes à qui elle manquerait, et surtout, au fond, l'impossibilité de faire un tel choix...

Prisonnière de sa vie, elle était humaine.

Il y avait du bruit à la surface, dehors.

Elle s'approcha lentement.

Des brindilles tombaient dans l'eau.

À un mètre du miroir, elle comprit qu'ils faisaient des travaux. Les berges avaient tendance à glisser ces derniers temps...

« Une rivière dont les berges s'affaissent, cela empêche les personnes de se promener au bord... Et si la rivière ne voulait pas de ces gens, et de leurs routes en béton envahissantes ? » se demanda-t-elle. « La vérité, c'est que la volonté de la rivière leur est bien égale... »

Et elle repartit vers les profondeurs, pensive et un peu triste.

Plus tard, lorsque le silence revint, elle s'approcha une nouvelle fois de la surface. Quelqu'un était assis sur le ponton. Elle voyait ses pieds d'en dessous. Autour, de petites miettes tombaient dans l'eau tremblante.

Le garçon avait la peau lisse et un visage qui exprimait le plaisir simple de manger au bord de l'eau. Comme appelée par la lumière de son regard, elle nagea vers la surface, la brisa, et vit alors le garçon sursauter, blêmir, tout en crispant ses mains sur son sandwich.

Elle regrettait déjà son geste mais c'était trop tard, il était hypnotisé : « Ces grands yeux sombres, angoissés... ils approchent... plus proches encore... »

Et tandis qu'il reculait mollement, elle semblait être sur le point de se hisser sur le ponton...

Lorsque la créature disparut dans un clapotis vif, le garçon reprit brusquement ses esprits. Il se massa les tempes, tentant de se débarrasser de l'étrange sensation de dégoût de la vie l'envahissait à présent... Elle lui paraissait en effet terne et aussi stagne qu'une mare... Son regard vide se posa sur l'eau sale.

Agrippée sous le ponton, elle entendit les pas du garçon résonner puis ce fut le silence, à nouveau. Pourquoi avait-elle essayé d'entrer en contact avec l'extérieur, avec les autres ? Pourquoi avait-elle cru, un instant, qu'elle méritait la lumière de leur regard ? Elle relâcha son étreinte, renonçant à l'éventualité d'échapper à sa solitude, puis elle disparut dans les profondeurs, pensive et un peu triste.

Assise dans la boue de la berge, entourant ses genoux de ses bras, elle regardait la rive opposée, les yeux dans le vague. Un cycliste passait de temps à autres… Qu'on ne la voie pas était sa seule préoccupation.

Une masse noire sur la rive d'en face l'intrigua. Était-ce un vieux tronc d'arbre qui pourrissait ? Non, ce n'était pas ça… On aurait plutôt dit un homme assis, qui la fixait. Poilu, très poilu.

Son corps fut pris d'un terrible frisson : l'une des visions qui la hantaient s'était-elle incarnée ? Elle jeta un regard affolé derrière elle tout en remuant les bras et les jambes pour trouver des prises dans la boue. Non, ça ne pouvait pas être ça, il fallait qu'elle se raisonne…

En regardant à nouveau vers la rive opposée, elle s'aperçut que la vision avait disparu. Était-elle dans l'eau ? Allait-elle surgir devant-elle ? Ou bien était-elle déjà derrière elle ? Gagnée par la panique, elle se débattit pour sortir de la boue, mais ses bras et ses jambes ne rencontrèrent que les ronces qui dépassaient des fourrés... Sa tête allait exploser...

Lorsqu'elle reprit ses esprits, elle s'aperçut qu'elle avait quitté la rivière. Il n'en restait à ses pieds qu'une petite flaque dans laquelle elle vit se refléter son corps d'avant l'exil. Hébétée, elle se regarda ainsi quelques instants...

Puis elle réalisa qu'elle était dans la pénombre, au pied d'un grand escalier en colimaçon. En regardant un peu plus haut, elle fut surprise de voir sa grand-mère. Nimbée de lumière, elle l'attendait en souriant. Les premiers pas furent pataudes, car ses jambes étaient engourdies, mais à chaque marche, en la suivant, elle se sentit plus légère. L'escalier féerique desservait une multitude de petites pièces dont les murs étaient couverts d'étagères remplies de livres anciens. Ces ouvrages aux couleurs chatoyantes étaient tous reliés à l'or le plus pur.

Fascinée et impatiente de découvrir le reste de cette tour merveilleuse, elle dépassa sa grand-mère, et sentit son corps s'élever dans les airs et la lumière, plus haut, toujours plus haut...

<u>J'ai volé</u>

Mais enfin, que s'est-il donc passé ?

Aujourd'hui, le brouillard.

Hier... hier alors quoi ?

Oui c'est terrible, oui, je me suis mal comportée.

Oui, puisque vous me le rapportez, si sûrs de vous...

Il m'en revient quelques images à présent.

Oui j'ai fraudé, j'ai fauté, j'ai volé, oui, je le vois...

J'en suis dévastée... et pourtant je m'en souviens si peu.

Cette personne-là, ce n'est pas moi.

Ces actes-là ne me ressemblent pas.

Est-ce donc possible ?

C'est si embrumé dans mon esprit...

Je ne peux trouver le sommeil,

Qu'y réfléchir encore et encore...

Il faut les restituer, elles ne sont pas à moi

ces choses précieuses, enfermées dans des sacs,

dans un sous-sol, cachées dans les profondeurs,

dans un grenier peut-être ?

Où ai-je donc pu les mettre ?

Je ne les vois pas, je ne les imagine pas.

Elles sont perdues dans le temps, le lointain,

l'inaccessible, l'impalpable...

Quelle tristesse, quelle culpabilité dans ma gorge...

Voilà messieurs, voilà, vous tous, je n'ai plus rien à présent,

plus rien qui soit à vous et que je vous avais pris.

Je vous en prie, prenez, prenez la boule dans ma gorge,

elle vaut de l'or... c'est du moins tout ce qu'il me reste.

Elle est à vous, car elle ne me servira plus à rien, à présent.

C'est vrai ; je me sens si triste, si honteuse,

que je n'aurai plus jamais besoin de parler.

Prenez ma gorge, et nous serons quittes,

mais s'il vous plaît,

laissez-moi en paix.

29

Le fin médaillon d'or

Je suis dans le grand et sombre château, mon fin médaillon d'or autour du cou. L'homme-loup est à côté de moi. Je le reconnais ; c'est celui qui me poursuivait quand j'étais fillette. Il veut que je lui donne mon médaillon. Je ne veux pas. Il insiste. Il serre très fort mon poignet, je crois même qu'il va le casser... alors je cède.

Voilà, il m'a enfermée ici, et je suis à nouveau sa vulnérable prisonnière, malheureuse. Au cours d'un repas, je sors de table et monte à toute vitesse dans ma chambre, mais il me poursuit. Vite, vite ! J'ouvre la fenêtre et juste avant qu'il ne m'attrape, je m'envole au-dehors, au-dessus du jardin, puis de la forêt.

Je trouve refuge chez une amie. Elle habite une communauté qui reconstruit les âmes, où les arbres, l'océan, le vent et les oiseaux me parlent et apaisent mes maux. Ici, la nature m'entoure, elle me protège, et je me sens comprise par d'innombrables nouvelles amies. Chacune a un fin médaillon d'or au cou. Pour nous toutes, il symbolise la joie, le plaisir, la liberté, l'amour de la vie et des rêves qui vibrent au plus profond de nos cœurs.

Me revoici dans le grand et sombre château, car j'ai demandé à mon amie de m'y raccompagner. Pourquoi suis-je rentrée ? Je sais qu'ici, c'est l'homme-loup qui règne, et pourtant je pense encore que c'est chez-moi... Lorsque je comprends que ma place n'est plus dans ce château, il est trop tard ; l'homme-loup enserre de nouveau mon poignet, il veut me faire lâcher le médaillon. J'ai très mal mais je résiste : il n'aura pas mon fin médaillon d'or, la souffrance ne me fait plus peur. Je le lance à mon amie. L'homme est furieux, il s'élance vers elle pour le récupérer... mais je m'envole et elle me le renvoie dans les airs.

Je quitte pour toujours le grand et sombre château.

Le précieux fin médaillon d'or est maintenant mien, pour l'éternité.

Poussière et Or

Elle était nue dans l'une des geôles d'un grand château sombre. Face à elle, vêtue comme une princesse, une fille se tenait, fière, entourée et admirée par sa cour de garçons. Cette fille la jeta à terre en criant aux autres : « Regardez ! Elle a l'air jolie comme ça, mais vous n'avez pas vu à l'intérieur ! », et avec une pierre bien aiguisée, elle lui ouvrit le ventre. Une vapeur verdâtre s'en échappa, ce qui provoqua un profond dégoût chez ceux qui l'entouraient. Alors, la fille fut prise d'un rire incontrôlable, et les autres l'imitèrent en se regardant bêtement.

Lorsque toute cette scène se dissipa dans son esprit, elle se vit recroquevillée au sol et toujours nue, le souffle court, paniquée. Sur son ventre, un trait rouge marquait encore la cicatrice de la blessure. Sous son corps, le sol était dur et froid, mais cela correspondait au besoin de douleur physique de son esprit tourmenté. Son souffle s'apaisant au bout de quelques minutes, elle scruta la salle carrée et vit devant-elle une baignoire. Elle se hissa péniblement au bord, et, dans un soupir, s'y glissa lentement. C'était une baignoire comme on en trouve dans les champs, pour donner à boire aux vaches : l'eau y était poisseuse, verte. C'était étrange de se sentir si bien au contact d'un élément aussi répugnant : « Je suis décidément très bizarre. », se dit-elle.

Elle écoutait, immobile, les gouttes qui tombaient de temps à autre. Au-dessus d'elle, une pâle lumière semblait diffuser un halo de poussière, et d'épaisses lianes en descendaient pour se perdre dans la baignoire. À travers, elle avait vu de l'autre côté de la pièce des couleurs chatoyantes qui ondulaient doucement sous une porte. Mais elle n'osait pas sortir de cette eau croupie, et, très vite, elle s'en voulut d'avoir osé désirer ces aurores boréales qui n'étaient pas pour elle.

Pourtant, dans un sursaut de vie, elle se redressa un peu : elle sortirait d'ici. Elle laissa glisser son corps hors de la baignoire, rampa maladroitement vers la porte, leva la main et tourna la poignée...

Un souffle de vent tiède chassa la poussière de sa peau et la couvrit entièrement de fines particules d'or. Dans cette pièce circulaire où elle venait d'entrer, il en flottait partout dans l'air. Devant-elle, un bain chaud répandait dans l'atmosphère une vapeur parfumée. Éblouie par la beauté de la pièce, elle marcha à genoux vers cette nouvelle baignoire, entra dans l'eau scintillante et chaude, se laissant envahir par de grandes vagues de bien-être qui chassèrent progressivement toutes les tensions de son corps. Elle ferma les yeux et savoura ce merveilleux moment de détente profonde.

Puis, en se redressant, elle examina sa blessure au ventre et y appliqua un baume doré qu'elle trouva sur le rebord de la baignoire. Sous ses doigts, la cicatrice disparut comme par enchantement. Elle remarqua ensuite de petits savons qui flottaient à la surface. Chacun était différent de forme, de parfum et de couleur en fonction de la partie du corps qu'il venait laver et apaiser. Chaque partie formait un tout et ce tout, tandis qu'elle se lavait sous une pluie d'or silencieuse, lui sembla pour la première fois harmonieux.

Sa peau rosie était toute constellée de particules dorées. Parfaitement détendue, heureuse d'avoir enfin un corps et une âme en accord, elle savoura son bain durant un long moment encore.

Elle vit ensuite en face d'elle un moelleux peignoir pourpre qui l'attendait au pied d'un escalier en colimaçon. Elle l'enfila, s'y blottit un instant, puis gravit lentement l'escalier, confiante. Au sommet, elle découvrit une chambre de forme ovale où elle s'allongea sur un lit douillet, entièrement drapé de rose. Elle n'avait jamais senti sur sa peau un tissu aussi doux... Cela répondait à son nouveau besoin de douceur. Et rapidement, elle s'endormit d'un paisible sommeil.

Lorsqu'elle se réveilla, elle découvrit un fin médaillon d'or autour de son cou. Il scintillait doucement, il était chaud sous ses doigts. Il donnait à sa voix une nouvelle tessiture, plus profonde, plus affirmée, plus authentique. Le cauchemar qu'elle avait vécu lui sembla bien loin, et cette vérité vint à elle : même si un jour son corps finissait Poussière, le reste de sa vie, il ne serait qu'Or.

L'Âme Écureuil

Il était une fois, dans une sombre forêt, une petite fille qui avait échappé à l'attention de ses parents. Plus elle avançait, plus la froide lumière filtrée par les arbres se faisait faible. Le silence aurait pu être total si un fin monstre tout fait d'épines maléfiques ne l'avait pas discrètement suivie. La promeneuse égarée avait entendu les frôlements, mais, choisissant de ne pas écouter sa peur, elle se dirigeait vers un grand escalier lumineux qu'elle voulait gravir pour retrouver un peu de sécurité et, peut-être, ses parents. Quand elle aurait monté quelques marches, elle prendrait le temps de se retourner et d'observer d'où provenaient ces sons étranges.

Lorsqu'elle commença son ascension, elle s'aperçut que cela était plus difficile que prévu : plus elle montait vers la lumière et plus le monstre d'épines se nourrissait de son cœur inquiet. Ainsi il la ralentissait et la rattrapait, rapide, furtif. Si bien qu'en quelques secondes, dans un petit rire aigu, il parvint à sa hauteur et la mordit au flanc. La petite fille, épouvantée, poussa un cri et s'enfuit aussi vite qu'elle le put en dévalant les marches.

Découvrant un peu plus loin une clairière, elle y reprit son souffle et se mit à réfléchir à un moyen de quitter cette forêt. Mais elle ne voyait devant-elle que des arbres… à perte de vue. Partout autour, l'obscurité. Comment retrouver ses parents ? Valait-il mieux aller plus loin, ou bien rester ici ?

Soudain, derrière-elle, un petit sifflement… mais elle se retourna trop tard.

Lorsqu'elle reprit conscience, la petite fille ne pouvait plus bouger. Elle était prisonnière des bras du monstre qui l'encerclaient et ressentait la morsure de ses épines. Elle l'entendait susurrer en elle-même : « C'est toi la coupable, il fallait rester auprès de tes parents. », puis « Rien de grave… Ce qui t'est arrivé, ce n'était pas si grave. ». En état de choc, elle se mit à trembler puis à sangloter. Et ce n'est que lorsqu'elle n'entendit plus la voix du monstre dans sa tête qu'elle commença à s'apaiser.

Les jours suivants, les lutins et les fées de la forêt s'approchèrent d'elle, à la fois apeurés et pleins de pitié. Ils finirent par s'habituer à sa présence. Les fées lui portaient des baies pour qu'elle puisse manger, et les lutins les plus forts essayaient de trancher les bras du monstre, mais en vain : ils étaient devenus encore plus durs que le fer. Lorsque ses nouveaux amis lui demandaient ce qu'il s'était passé, la petite fille fondait en larmes, et ils ne savaient alors que dire.

Elle grandit donc ainsi, avec un corps fait de chair, et d'épines, sans pouvoir se défaire des mots qui résonnaient régulièrement dans son esprit ; « toi... coupable... tes parents... Rien de grave... pas si grave... ».

Un beau jour d'automne, une enchanteresse passa dans la clairière. Elle observa la jeune femme d'un air intrigué... Après l'avoir longuement regardée dans les yeux, elle s'assit devant-elle, sur une large pierre : « Qui t'a fait cela ? », dit-elle d'un ton à la fois assuré et compatissant. Alors, la jeune femme fut envahie par une immense tristesse. Elle se mit à sangloter, confuse, le corps entier en état de tension extrême... elle ne se souvenait pourtant de rien. L'enchanteresse lui assura qu'elle resterait à ses côtés le temps qu'il faudrait. Et durant toute la nuit qui suivit, les larmes roulèrent sur les joues de la jeune femme.

Le lendemain, l'enchanteresse lui demanda de lui raconter ce qu'il s'était passé. La jeune femme lui dit qu'elle se rappelait avoir été mordue par le monstre lorsqu'elle gravissait l'escalier de lumière, à la fois apeurée et remplie d'espoir. « Il s'est peut-être passé autre chose après cette première morsure », réfléchissait-elle, « mais je ne me souviens de rien... Lorsque j'ai repris conscience, j'étais prisonnière des bras du monstre. ». Elle raconta aussi à l'enchanteresse comme, malgré son état, elle pensait ne pas mériter l'attention de ses amis lutins et fées. La femme aux pouvoirs magiques connaissait bien les monstres de la forêt et leurs sortilèges. Aussi, expliqua-t-elle à la jeune femme qu'en la mordant, le monstre lui avait probablement injecté deux poisons : un poison de Culpabilité ainsi qu'un poison d'Oubli. Grâce à ces explications, la jeune femme put mieux comprendre son histoire, et sa douleur diminua grandement.

À la fin de la journée, elle se contempla avec une immense joie : les bras qui l'avaient emprisonnée avaient pris la forme d'une robe magnifique, toute étincelante de perles et de roses. Fière de sa nouvelle allure de princesse, la jeune femme remercia profondément l'enchanteresse pour son aide. Celle-ci lui sourit et partit.

La jeune femme était à présent presque délivrée du monstre ; ses griffes n'enserraient plus que ses chevilles... Comme deux menottes dont la clé aurait été perdue, elles la retenaient ainsi prisonnière de la forêt. Mais elle était heureuse : elle passait ses journées à rire avec les lutins et les fées, et la clairière était devenue plus lumineuse, baignée par l'éclat des perles de la robe.

Un beau jour de printemps, guidé par une force mystérieuse, un prince arriva dans la clairière. Dès le premier regard, il fut charmé par la beauté de cette jeune femme qui avait au fond des yeux ce petit quelque chose de tendre et de fragile... Alors, comme par enchantement, sa compassion silencieuse défit les liens de ses chevilles, lui rendant ainsi sa liberté. Il l'écouta avec émotion lui raconter son histoire, puis, lui promit d'apaiser l'indélébile empreinte du monstre qu'elle sentait encore en son cœur et en son âme ; il était un prince de courage et de douceur. La jeune femme entendit de nouveau résonner en elle ces mots si faussement rassurants : « Rien de grave... Ce qui t'est arrivé, ce n'était rien de grave... », et elle se dit que ce prince pourrait probablement l'aider.

Ils rentrèrent au château, se marièrent quelques jours plus tard, et la jeune femme devint princesse.

Le prince tint sa promesse, et la princesse vécut heureuse dans son château. Il prenait soin d'elle, faisant en sorte qu'elle ne manque de rien, qu'elle n'ait plus jamais froid, ni peur. Mais hélas, malgré ses efforts, la princesse faisait la nuit de grands cauchemars : l'empreinte du monstre en son cœur et son âme était, certes, moins douloureuse, mais toujours là, indélébile... Le prince la rassurait ; les liens du monstre se délieraient, ce n'était qu'une question de temps, elle devait se montrer patiente. N'était-il pas un prince de courage et de douceur ? Il lui disait aussi que, dans son merveilleux château et sous son aile, elle était à l'abri de cette forêt si dangereuse.

Cependant, au fil du temps, la princesse glissa inlassablement dans un état de torpeur perpétuel... le monstre, en elle, semblait aspirer toute joie de vivre. Les nuits de cauchemars, elle se promenait dans le château, seule, à petits pas lents, accablée de tristesse. Et elle tentait de se convaincre : « Rien de grave... Ce qui m'est arrivé, ce n'était rien de grave... ».

Mais un soir, tandis qu'elle déambulait ainsi, son abattement fut tel, qu'elle tomba au sol, prostrée. Elle entendit alors autour d'elle le rire du monstre résonner contre les murs du château, et crut le voir à sa droite, l'espace d'un instant. Il était là. Elle vit alors ce qu'elle avait oublié de son attaque dans la forêt lorsqu'elle s'était retournée trop tard : elle vit le sourire au bas de son visage, elle vit ses longs bras d'épines s'élever lentement dans les airs en ondoyant, puis s'abattre sur elle à toute allure pour l'encercler, et elle sentit de nouveau toutes ses épines plantées en elle. Tétanisée, les yeux serrés, recroquevillée sur elle-même, elle était prisonnière de ce moment qui appartenait pourtant au passé. Alors, pour se débarrasser de l'apparition, elle visualisa pendant de longues minutes le monstre en train de se faire découper, dépecer, par une armée de couteaux. L'image de son pire ennemi disparut progressivement et, en se remettant debout, elle se sentit pleine d'une rage terrible ; la rage de vouloir se débarrasser du fin monstre d'épines pour toujours, et l'envie qu'il paye pour tout ce qu'il lui avait fait.

La princesse alla trouver le prince et laissa éclater sa colère : « Tu dis être un prince de courage, mais tu vis à l'abri dans ton château, et tu ne pars jamais en forêt sans ton épée ! Quand j'ai peur, tu me dis toujours que je dois attendre, que je vais me sentir mieux plus tard… J'ai eu tort de croire que tu pourrais supprimer le monstre en moi car, en réalité, il te fait peur à toi aussi ! La vérité c'est que tu as peur du présent, tu as peur de la vie ! ».

En entendant ses propres mots, la princesse réalisa brusquement que sa place n'était plus au château. Elle le pressentait au fond d'elle-même depuis quelques temps, mais à présent elle n'avait plus peur d'en partir, car elle était sûre de deux choses : d'une part, qu'elle voulait se débarrasser définitivement du monstre, et d'autre part, que pour cela, l'unique solution était de retourner dans la forêt pour l'affronter, seule. Aussi, fit-elle mine de se calmer puis, au plus noir de la nuit, elle se glissa sans un bruit dans l'encadrement d'une fenêtre du château... et s'enfuit, déterminée.

Parvenue dans la forêt, emplie de la rage de combattre enfin cet être qui lui avait causé tant de souffrances, elle poussa un hurlement, et expulsa de son corps les restes du fin monstre d'épines. Il se tortilla un instant à ses pieds, et la jaugea, un sourire narquois au bas du visage. Puis il tenta une dernière fois son lancinant refrain : « Rien de grave... Ce qui t'est arrivé, ce n'était rien de... »

« Si, c'était grave ! », le coupa-t-elle, furieuse, « C'était même terriblement grave ce que tu m'as fait, et je me souviens de tout !!! », hurla-t-elle.

Comprenant qu'à présent ses poisons n'affectaient plus la princesse, le fin monstre d'épines ne sut que répondre, et son sourire s'effaça.

Le vent se mit alors à souffler de plus en plus fort et l'air devint brûlant. La princesse vit des feuilles mortes et des brindilles incandescentes s'élever en tourbillonnant lentement dans les airs au milieu de flammes qui encerclèrent le monstre. La forêt entière sembla sur le point de s'embraser quand, tout à coup, un éclair le frappa, éteignant du même coup le cercle de feu.

Lorsque le silence fut revenu, il ne resta du fin monstre d'épines qu'un petit tas de braises qui crépitaient doucement. Elles rougeoyèrent encore quelques instants puis le feu s'éteignit, et une petite fumée noire s'envola vers le ciel.

Elle cligna des yeux. Son cauchemar était fini.

À la fois vidée, et pleine de vie, elle écarta prudemment les branches des arbres pour progresser au cœur de la forêt. Elle était attentive au moindre bruit, se figeant lorsqu'elle entendait une invisible proie qui passait et qui savait, comme elle, que la nuit, les prédateurs rodent... gare à celui ou celle qui ne connaîtrait pas les règles du jeu. La lune posait un doux regard sur la forêt tranquille.

Tout à coup, elle entendit le cor retentir. Inquiet de ne plus rien pouvoir pour la princesse et certain que sa colère la mènerait à sa perte, le prince avait mobilisé une armée de chevaliers pour la retrouver. Elle les voyait avancer au loin, flambeau à la main et épée au poing. Elle rit sous cape quand elle les vit partir dans la mauvaise direction ; car ils suivaient des chemins d'hommes, prudents et raisonnables, et non son chemin à elle, qui connaissait bien les lieux pour y avoir grandi.

Elle reprit sa route, puis, parvenue au plus profond de la forêt, s'arrêta et ferma les yeux, écoutant les bruits de la nuit, et s'imprégnant de la délicate odeur du sol qu'elle sentait fourmiller sous ses pieds nus.

Les yeux toujours clos, elle entendit le son d'une petite rivière qu'elle n'avait pas remarquée. Elle écouta son écoulement, l'imaginant caresser les rochers et les feuilles, porter les poissons, abreuver les végétaux, puis disparaître un peu plus loin sous terre pour prendre congé quelques instants, et reparaître plus vive, régénérée... La princesse sourit en pensant à cette petite rivière et ouvrit les yeux. Comme si elle la voyait pour la première fois, elle observa attentivement la forêt autour d'elle. Son regard fut attiré par un immense chêne qui lui parut vieux, et sage. Il semblait être là depuis les premiers temps de la forêt, comme s'il l'attendait paisiblement, depuis toujours. Attirée par une force mystérieuse, la princesse s'avança vers lui lentement, n'en décrochant plus son regard. Elle traversa la rivière en marchant en équilibre sur les galets et arriva au pied de l'arbre qu'elle enlaça dans un grand silence... Une pluie fine se mit à tomber. Elle se serra plus étroitement contre lui pour éviter de grelotter, les yeux clos à nouveau. Elle sentit au bout de ses doigts la mousse qui recouvrait son tronc, elle sentit sous sa joue le contact de son écorce rude, et solide, tandis que des larmes de fatigue et gratitude coulaient sur son visage en se mêlant à la pluie...

Au bout de quelques minutes, elle entendit de petits pas très discrets : un craquement de brindille ici... puis là... C'était un petit esprit de la forêt, curieux, qui observait la scène : « La prophétie du Grand Chêne disait donc vrai ?! », chuchota-t-il dans un souffle, et il courut auprès de ses condisciples à petits pas joyeux et légers, pour leur annoncer la venue de la princesse.

Lorsqu'ils parvinrent ensemble au pied du Grand Chêne, ils la trouvèrent endormie, adossée à l'arbre, la tête posée sur ses genoux. Ils les encerclèrent avec émotion, et se mirent à danser en ronde autour d'eux en prononçant d'harmonieuses incantations. Leur chant retrouva la princesse au Pays des Rêves, et la ramena doucement auprès de la forêt, où une extraordinaire surprise l'attendait. L'enchantement avait agi sur son corps : elle observa, médusée, ses griffes acérées, ses pattes musclées, son pelage roux... elle était devenue écureuil ! Ébahie par sa métamorphose, elle scruta la forêt qui l'entourait, cherchant à comprendre ce qu'il s'était passé... mais les joyeux petits esprits avaient disparu. Alors, elle se tourna vers le Grand Chêne et le regarda à nouveau : comme il lui semblait gigantesque à présent ! Les ramifications de ses branches lui offraient un dédale de chemins si amusants à parcourir... Un immense sourire s'étira sous ses moustaches : elle poussa un cri de ravissement, et, les pattes rivées à l'arbre, grimpa à petits bonds vigoureux jusqu'au sommet, puis s'assit sur la plus haute branche, hilare, essoufflée par sa course.

Plus aucun monstre d'épines, plus aucun prince : à présent qu'elle était sauvage, elle avait trouvé sa véritable place dans la forêt. Poussant un profond soupir, elle contempla l'horizon en souriant. Et on put alors voir, dans ses yeux, les couleurs pastel de son tout premier lever du soleil.

REMERCIEMENTS

Merci à toutes les sorcières qui m'ont aidée à guérir les maux de ma vie... Merci à ma famille et à mes ami·e·s d'avoir été là pour moi, particulièrement durant un douloureux passage sur le chemin de ma libération.

À Souryami Godart (éditions Blanchelicorne), mon immense gratitude pour son temps et ses compétences. Merci infiniment de m'avoir aidée à reformuler des phrases qui, restées à l'intérieur pendant longtemps, avaient parfois atterri pêle-mêle sur le papier. Notre travail a contribué à ma guérison.

Merci à mon amie Amandine Caron de nous avoir mis en lien. Merci aussi à elle pour ses merveilleuses illustrations des femmes et de l'écureuil. Son aide était également précieuse pour les dernières touches à apporter à l'illustration que j'avais réalisée pour la couverture !

Merci aux lecteur·ice·s de <u>Poussière et Or</u> ; pouvoir partager ces mots avec d'autres personnes me remplit d'une profonde joie.